상처 많은 꽃잎들이 가장 향기롭다

상처 많은 꽃잎들이 가장 향기롭다
시인 이지윤의 짧은 글-긴 감동

초판 인쇄 | 2014년 12월 20일
초판 발행 | 2014년 12월 25일

지은이 | 이지윤
펴낸이 | 신현운
펴낸곳 | 연인M&B
기　획 | 여인화
디자인 | 이희정 인명교
마케팅 | 박한동
등　록 | 2000년 3월 7일 제2-3037호
주　소 | 143-874 서울특별시 광진구 자양로 56(자양동 680-25) 2층
전　화 | (02)455-3987 팩스 | (02)3437-5975
홈주소 | www.yeoninmb.co.kr
이메일 | yeonin7@hanmail.net

값 8,000원

ISBN 978-89-6253-160-2 03810

시인 이지윤의 짧은 글―긴 감동

상처 많은 꽃잎들이 가장 향기롭다

내 가슴을 누군가 열어 보면
상처투성이라고 친구가 말합니다.
누구에게나 삶은 상처를 주고
봉합하고 나면 또 하나의 흉터가 남고….
그 누구의 가슴에도
상처 없는 인생은 없습니다.

연인M&B

| 서문 |

한 번도 가 본 적이 없는 그런 미지(未知)의 땅에
홀로 버려진 듯 막막할 때가 있습니다.
그래도 돌 틈에서도 작은 꽃을 피우는
이름 모를 꽃을 보며
기어서라도 가는 달팽이를 보며 힘을 얻어 다시 갑니다.
삶이란 흡사 전쟁터 같지만
아름다운 꽃 아이들과 강아지와 고양이의
앙증맞은 모습을 보며 미소 짓습니다.
생명 있는 모든 것을 사랑하며 우아하게 걷습니다.
바람에 떨어지는 낙엽 비를 맞으며….

2014년 12월
이지윤

차례

시인의 말_ 05

1. 기다림이 진정한 사랑이다

서툰 목수 _ 10

기다리는 일 _ 12

그 어느 날이 오면 _ 14

아무르 _ 16

'언제가'는 오지 않는다 _ 18

2년 후… _ 19

어처구니없을 때 _ 20

대(代)를 잇는 것이 무엇이란 말인가? _ 22

아! 내 인생 _ 23

기다림이 진정한 사랑이다 _ 24

이별에도 예의가… _ 25

이제 자식이 보험은 아니다 _ 26

고양이 가족 _ 27

가을 햇살 아래… _ 28

그들에게서도 배운다 _ 30
아름다운 손 _ 32
꺾이고, 밟혀 누워서도 피리라 _ 34
개미들의 어느 날 _ 36
딴생각 _ 38
참다운 깨달음은… _ 39
거짓말 _ 40
결혼이란… _ 42
매미의 일생 _ 44
고통도 변장해서 오는 은총이다 _ 45
울고 있는 아이가 있다 _ 46
어떤 남자의 고양이 사랑 _ 47
이 시대(時代)의 고려장 _ 48

2. 봄, 햇살 그리고 타라 이야기

고양이들의 식사(食事) _ 52
닭 한 마리 키우는데… _ 55
타라의 다리 _ 56
타라, 문(門) 앞에서 기다리다 _ 58
강아지에게도 선천(先天)은 있다 _ 60
다 같은 자식인데… _ 61

햇살이가 벤치에서 기다린다 _ 62
개미들 _ 64
동물병원에서 _ 66
돌아온 타라 _ 68
햇살이 1 _ 70
햇살이의 가을 _ 72
아! 바람이 분다 _ 74
햇살이의 대나무밭 _ 76
햇살이 2 _ 79
미안하다! 알아듣지 못해서… _ 82
봄, 햇살 그리고 타라 이야기 _ 84
타라와 그 아이들 _ 86
다리 _ 88
햇살이의 늦가을 _ 90
햇살이가 좋아하는 말 세 마디 _ 92
첫눈이 내릴 때 _ 94
오늘도 쓸쓸한 가을비 _ 95
가을엔 기도하게 하소서 _ 96
가엾은 사람 _ 97
오래된 정원 _ 98
상처 많은 꽃잎들이 가장 향기롭다 _ 100
내 것이 무엇이란 말인가? _ 102

1

기다림이 진정한 사랑이다

서툰 목수

서툰 목수가 연장 탓만 한다던가?
직장에서도 그런 사람이 있습니다.
자기 능력, 실력의 한계(限界)는 인정하지도
알려 하지도 않고 그저 핑계만 댑니다.
동료 탓, 상사 탓, 환경 탓….
그는 자기도취라는 자기애(自己愛)라는 우물 안에서
우물 안 개구리로 살아갑니다.
그는 그래도 불행하지 않습니다.
타인의 평가에도 끄떡없습니다.
자기가 자기를 수준 이상이라고 여기기 때문에….
의식 있는 사람들은
그의 터무니없는 배짱에 혀를 내두릅니다.
언젠가는 꼭 무너져야 할 자기도취!
그러나 그는 그런 것은 상관없습니다.
이제는 사라져 버린 신데렐라 콤플렉스에
아직도 빠져 있기에….
언젠가 백마 탄 왕자(王子)가 나타나
자기를 화려한 궁전으로 데려가리라고 믿고 있기에
그는 괜찮습니다. 자기는 신데렐라이므로….

유리 구두를 신고 입성(入城)할

그날이 오고 있기에 괜찮습니다.

아직도 신데렐라가 있다고 믿는 그녀가

사실은 성냥팔이 소녀보다 더 불쌍한

21C 겨울입니다.

기다리는 일

누군가를 기다린다는 것이
얼마나 힘들고, 설레이는 일인지….
기다려 본 사람은 압니다.
햇살이와 봄, 그리고 타라라는 고양이는 늘 기다립니다.
특히 봄이와 햇살이는 기다리면서
나이가 열여섯, 여섯 살이 되었습니다.
봄이와 햇살이 함께 산책하러 나가면 아이들이 묻습니다.
엄마와 딸이에요?
그렇단다.
하지만 봄이와 햇살이는 모녀 사이가 아닙니다.
그저 얼굴과 털이 닮았을 뿐입니다.
햇살이가 젊다고 늙은 봄이에게 대들며 으르렁거려도
봄이는 그저 조용히 피할 뿐입니다.
힘이 없어서 그런 것은 아닌 듯합니다.
함께 살아온 세월이 있기에 아마도
딸로 착각하는지도 모르겠습니다.
교회도 함께 가고, 가족 모임에도 함께 가는 두 아이
그 강아지가 하는 일이란
기다리는 일, 밥 먹는 일, 산책하는 일입니다.

그들은 경제활동은 전혀 하지 않고
기다리는 일만 합니다.
그래도 외로운 이 시대 사람들에게
그들은 얼마나 큰 위로가 되는지!
아이를 낳지 않고 강아지를 자식처럼 키우며
사는 부부도 많은 듯합니다.
아가!
아가!
하면서 말입니다.

그 어느 날이 오면

요즘 엄마들은

자기계발에 힘쓰고, 홀로 여행도 잘 다니고

맛있고, 멋있는 것을 남편이나 아이들에게

다 양보하지 않고 자기를 우선 챙기며 산다고 합니다.

어떤 40대 초반의 멋진 엄마가 있습니다.

그 엄마는 아들 쫓아다니랴, 딸 쫓아다니랴

도무지 여유가 없습니다.

늘 바쁩니다.

요즘 엄마들은 헬리콥터처럼 아이들을 관리한다고 합니다.

하늘을 날며 대학생이 된 자식들을 살핀다는 것입니다.

그런데 걱정스럽습니다.

그 엄마가 더 나이 들고, 아이들이 자라서

이렇게 말하는 날이 올 것이기 때문에….

엄마!

제가 유치원생입니까?

이제 저를 그만 쫓아다니세요.

엄마 인생을 사시란 말입니다.

엄마 인생은 바로 너희들인데….

남편도 떠나고, 아이들도 떠나고….

그 엄마는 허허벌판에 홀로 서 있는 듯 외롭고, 허망합니다.
빈- 둥지에서 새끼들이 돌아오길 기다리는
늙은 새처럼 처절하게 울어 보고도 싶습니다.
늙어서도 일하는 액티브 시니어들이 부럽습니다.
빈- 둥지에서 남편과 오순도순 사는 친구들이 부럽습니다.
자식들은 부모를 〈중요한 남〉이라 부르며 제 갈길 갑니다.
아이들만 좇아다니는 〈헬리콥터 맘〉은
늙어 외로운 것을 각오해야 합니다.
꼭 자기가 낳은 자식이 아니라도 가엾은 아이들 돌보며
동네 궂은일도 해 가며 그렇게 살면 됩니다.
새로운 공부에 눈을 떠도 되겠습니다.

아무르

아무르라는 영화를 구도심(都心) 상가 2층
누추한 모습으로 자리잡고 있는
예술영화 전용극장에 가서 봤습니다.
한겨울임에도 난방조차 할 수 없어 담요 한 장씩
들고 들어가 뒤집어쓰고 오돌오돌 떨며 본 영화
노부부(老夫婦)의 이야기
고상하고, 기품 있는 예술인 아내가 어느 날부터
치매증상이 나타나고 삶은 사막처럼 모래가 사각거립니다.
어느 날
아내를 방석으로 눌러 죽게 하고
남편은 창문을 모두 막고 함께 죽어 갑니다.
딸이 찾아와 그 모습을 보고 망연자실
울지도 못하는….
요즘 젊은이들은 디지털 치매가 있다고 합니다.
모두 스마트폰에게서 다운받고, 입력했다가
터치하면 나 여기 있어요! 나타나니
두뇌를 잘 쓰지 않기에 나타나는 증상이라고 합니다.
출근길에서나 퇴근길에서나 그 어디에서나
스마트폰을 들여다보고 있는 사람들

예쁜 낙엽이 떨어져도 바라보지 않습니다.

그저 똑똑한 스마트 스마트폰만 봅니다.

아무르라는 예술영화를 보면

치매가 얼마나 무자비하게 행복을 깨뜨리는지!

치매 환자가 늘어난다는데….

소리 내어 사랑한다고!

소리 내어 시낭송하고….

소리 내어 노래하는 사람이 늘어나야겠습니다.

'언제가' 는 오지 않는다

우리는 그렇게 살아갑니다.

꿈을 이룬 사람들을 보며

'나도 언젠가 저렇게 살 수 있을 거야.'

'언젠가!'

언젠가로 위안을 삼으며 살아온 나날

60대 후반의 여성이 이렇게 얘기합니다.

'나는 언젠가 부자가 될 것이라 믿고 살았어요.

이제 살 만하다 했더니 남편이 돌아갔지요.'

언젠가

나도 멋지게 살 수 있으리라 기다리며 살았는데

이제 고생 끝에 낙이 오는 게 아니라 병(病)이 왔네요.

어떤 사람은 지난날에만 집착하고

어떤 사람은 언젠가 내일에만 집착하고….

현재를 즐겨야 함에도 대부분의 사람들은

〈언젠가〉를 기다리며 현재라는 선물을 외면합니다.

다시 돌아올 수 없는 현재를 말입니다.

2년 후…

양촌이라는 시골에는 온통 감나무
시월쯤에는 감이 주렁주렁 열려 온 동네가 감, 감입니다.
감은 먹는 것보다 바라보는 맛이 더 좋습니다.
코발트빛 하늘 아래 주황색 등이 켜진 듯
감은 가을의 감(感)을 잡게 하기에 그만한 것이 없습니다.
감을 따서 가득가득 가지고 도시 집으로 가지고 와
항아리에 담고 밀봉해 두면 감식초가 된다며
설레이는 마음으로 항아리에 담습니다.
아흔 즈음의 어머니께서
'내가 이 감식초를 마실 수 있을까?' 하십니다.
'2년 후를 기약할 수 있을까?'
순간 나와 동생은 멍–해집니다.
상담사인 동생이 재치있게 말을 받습니다.
'그럼요! 이 감식초를 꼭 마셔야지.
이렇게 스스로 동기부여를 하세요.'
나는 두 모녀의 얘기를 들으며 가슴으로 눈물이 고입니다.
2년 후….
2년 후에도 세 모녀가 감식초를 담글 수 있기를
기도하는 시월의 마지막 일요일이었습니다.
주여! 이 기도를 꼭 들어주소서.

어처구니없을 때

사노라면 때때로 어처구니없을 때가 생깁니다.
뜨락에 돌 맷돌이 있는데 돌리는 어처구니가 없어
그저 쓸모 없이 장식용으로 앉아 있습니다.
살다 보면 예측하지 못한 억울한 일을 당하기도 합니다.
어처구니없는 일을 겪으면서
어찌할 수 없는 무력감에 한숨지으며
어처구니가 없구나! 한숨 쉬며 하늘만 올려다봅니다.
받은 은혜 원수로 갚는 사람 앞에서
어처구니가 없습니다.
늙은 부모에게 손만 벌리는 자식을 보면
어처구니가 없습니다.
받고 있는 은혜 감사하지 않고
그저 몸 편하고, 마음 편하고
월급 많이 주기를 바라는 직장인을 보면
어처구니가 없습니다.
함부로 혀를 놀려 양치는 소년처럼
거짓말을 하는 나이 든 사람 앞에서
어처구니가 없습니다.
자기 것만 아깝고, 남의 것은 아낄 줄 모르는 사람

운전하고 가다가 창문을 내리고 담배꽁초 버리는 사람
툭하면 직장을 옮겨 다니는 사람을 만나면
어처구니가 없습니다.
그럴 때 올려다본 하늘에 구름 한 점 없습니다.
늦가을입니다. 기러기 울어 예는….

대(代)를 잇는 것이 무엇이란 말인가?

어떤 90 노인은….
딸 넷 아들 하나 모두 교육시켜 번듯하게 사는
알찬 생활인으로 키웠는데….
두 내외 평생 일군 재산 모두 며느리에게 헐어 바치고
인생 끝자락에서 불안, 초조로 잠 못든다 합니다.
삶의 끝자락 익숙한 동네에서, 처소에서
안락한 나날 보내야 함에도 대를 잇는다는
그 한 가지 명분으로 부모 재산 끝까지 다 차지하려고
눈을 부라리는 그런 아들도 있다니!
과연 대를 잇는 것이 무엇이란 말인가?
양성(兩性)평등 시대에 참으로 안타깝습니다.

아! 내 인생

인생은 강(江)처럼 흘러갑니다.

젊은이에게도 응애응애 울던 어린 아기 시절이 있었고

노인에게도 힘 넘치던 청년 시절이 있었습니다.

세 여인(女人)이 앉아서 얘기합니다.

아! 내 인생이 소설이야.

내 인생은 눈물 없이 얘기할 수 없는 영화야.

세 여인은 60대, 70대 할머니입니다.

아무런 희망도 없이 그저

자식들, 손자 손녀 꽃 바라보는 낙으로 삽니다.

아! 내 인생도 한 편의 소설 같고, 한 편의 영화 같습니다.

고통 질량의 법칙에 따르면

모든 사람들의 고통은 다 같다고 합니다.

그 고통 질량의 법칙으로 위안을 받아야 할까요?

기다림이 진정한 사랑이다

그 누군가를, 그 어떤 기회를, 열차를 기다려 본 사람은….
기다림의 의미를 압니다.
기다림은 설레임과 두려움이
함께 섞여 있다는 것을 말입니다.
일생에….
진정한 사랑을 한 번 만난다면
그는 결코 실패한 인생을 산 것은 아닐 것입니다.
있는 그대로를 사랑하는 참사랑
그가 갖고 있는 지위나 명예를 선망하는 것이 아니라
그의 있는 그대로를 연민을 갖고 생각하는 사랑
그 사랑은
진정한 사랑은 기다리는 것입니다.
그가 돌아오기를, 그가 좋은 쪽으로 돌아보기를….

이별에도 예의가…

요즘 젊은이들은 쉽게 작별하는 듯합니다.
쉽게 만나고, 쉽게 헤어지고….
결혼 전에야 그럴 수 있다고 해도
결혼 서약한 사람들은….
이별에도 예의를 갖춰야 아름다운 이별이라고 생각합니다.
상대가 벼랑 끝에 몰려 있다거나 곤경에 처했을 때
그럴 때는 이별을 유보해야 한다고 생각합니다.
쉽게 이별할 수 있는 사람들이 오히려
행복하게 살 수도 있겠습니다.
그러나….
곡진(曲盡)한 세월을 함께 견뎌온 사람의 이별만큼
성(聖)스럽지는 않을 것입니다.
이별에도 성스러움이 있을 수 있습니다.
예의 없이 작별하는 사람에게
아름다운 기회는 오지 않습니다.

이제 자식이 보험은 아니다

옛날에는 다 자기 먹을 것은 갖고 태어난다!고 가르치고
재산도 나눠 주면 노년에 병이 들거나 외로울 때
자식이 보험처럼 책임지기도 했습니다.
100세 시대에….
자식들은 87%가 대학을 나오고도
부모를 책임지지 않습니다.
노후는 부모 스스로 준비하라고 합니다.
논 팔고, 산(山) 팔고, 모든 것 팔아
유학 보내고 APT 사 줬지만….
돌아오는 것은 그 정도는 누구나 다한다!
왜 노년(老年) 준비를 안 하셨느냐?
살아생전 다 팔아 가려고 연구하는
불효자식도 있다는 것입니다.
자식을 위해 모든 것 헐어 바치는 부모보다
죽는 날까지 자기 재산 지키는 부모를
더 사랑한다는 자식들
지금 부모들이 더 지혜로워지고 있습니다.

고양이 가족

사노라면….

몹시 싫어하던 대상을 좋아하게 되는 날이 오기도 하고

몹시 좋아하던 것을 기피하게도 됩니다.

사람들은….

고양이를 보면 돌을 던지기도 하고

요물이라면서 눈을 흘기기도 합니다.

그런데 고양이 가족들이 뜰에 와서 노는 정경을 보면

무척 사랑스럽습니다.

의젓한 아빠

애교 많은 엄마 고양이

아기 고양이들의 재롱….

한 가족을 이루어 살면서 참치를 주면 서로 양보하고

기다려 주면서 남겨 주는 그 마음에 찬사를 보내게 됩니다.

어린것들은 모두 귀엽습니다.

소의 아기 송아지, 말의 아기 망아지

고양이의 아기 아기 고양이

개의 아기 강아지….

어린것들의 사랑스러움에 삶의 시름을 잠시 잊습니다.

가을 햇살 아래…

여기저기 호박이나 무, 고춧잎 등을 말리고 있는
정경을 보게 되는 늦가을입니다.
수분을 말려 두고, 두고 먹으려는
무말랭이, 호박 오가리, 고춧잎….
그들을 널어놓은 사람은 어디 있을까?
두리번거리지만 보이지 않고
가을 햇살만 그들을 어루만지고 있습니다.
말라 가는 그 나물들을 볼 때마다
내 가슴에 고인 눈물도 가을 햇살 아래
널어 말리고 싶다는 생각을 하곤 합니다.
숱한 날들
가슴속에서 고여 넘실대는 삶의 고통, 애환….
그런 것들도 유순한 가을 햇살 아래
어루만져지고 있는 〈세월〉입니다.
오는 듯
가 버리는 가을입니다.

그들에게서도 배운다

보도블럭이나 그 어느 곳에서나
싹이 돋고, 꽃이 피고, 열매(씨앗)를 맺는 잡초들
그들에게서 배웁니다.
강한 생명력(生命力)을….
베란다 꽃밭에도 이제는 다 끝난 생명이려니 하고
버려 둔 화분이 있습니다.
열심히 꽃을 피우고, 지고, 피던 이름도 모르는 꽃
그런데 그 버려진 화분에서
또 잎이 올라오고, 꽃대궁이 올라오고….
아, 나는
너에게 배운다.
포기했었는데도….
너는 또 내게 희망을 가르치는구나.
눈물을 떨어뜨리며 그 화분에게 말을 건넵니다.
미안하다.
버려 두어서….
고맙구나.
아직 포기하지 않아서….
잡초에게서도 배우는 인생입니다.

아름다운 손

네일아트가 요즘엔 젊은 여성들에게 필수(?)인가 봅니다.
어찌나 손톱에 들이는 정성이, 돈이 많이 드는지
그것도 취미라고들 합니다.
손톱에 꽃도 그리고, 별도 그리고….
색깔도 민트색, 보라색, 흰색, 오렌지색
별의별 색깔이 다 있습니다.
가끔 옷 색깔에 맞춰서 저도 네일 에나멜을 발라 봅니다.
손도 목처럼 나이를 속일 수 없기에….
숨기고 싶을 때가 있습니다.
섬섬옥수가 주름진 손으로 변해서 부끄러울 때가 많습니다.
목이야 터틀넥으로 가릴 수 있지만….
손은 여자의 이력서라고 합니다.
어떻게 살아왔는지 손이 말하고 있다는 것입니다.
손가락이 길면 예술가형(型), 길고 뭉툭하면 살림꾼형….
손을 보면 그 사람을 알 수 있습니다.
게으른지, 부지런한지, 성실한지, 진실한지….
손도 눈처럼 들려주고 있습니다.
눈은 마음의 창(窓), 손은 생활의 흔적
눈이 그의 인성을 얘기한다면 손은 그의 삶을 얘기합니다.

저는 개인적으로 너무 긴– 손톱을 혐오합니다.
그 손으로 음식을 한다면? 위생적이지 않을 듯합니다.
그 손으로 아이들을 쓰다듬는다면
할퀴게 되지 않으려나? 걱정입니다.
아름다운 손은 네일아트로 꾸민 손이 아니라
아픈 이를 쓰다듬고, 가족을 위해 요리를 하고
쓰러진 나무를 일으켜 세워 주고
길 고양이에게 먹을 것을 주는 손
근면, 성실한 손입니다.
물론 화가의 손, 작가의 손, 음악가의 손도 아름답지만….
죽어 가는 것을 살리는 손이 제일 아름답습니다.

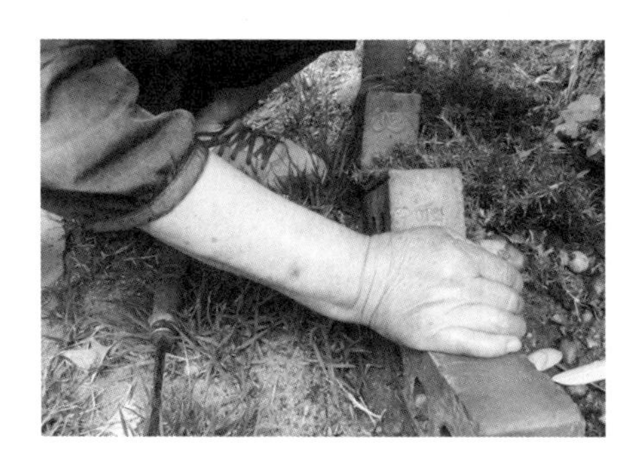

꺾이고, 밟혀 누워서도 피리라

뜰에 있는 식물들을 유심히 보면 …
우리에게 메시지를 보내고 있음을 듣게 됩니다.
하루 만에, 이틀 만에 쑥쑥 크고 있는 옥수수, 고추, 상추….
텃밭에서 자라는 작물 말고 정원에서 안간힘을 다해 자라는
그들에게서 〈삶〉을 배웁니다.
나무 벤치에 앉아 커피를 마시다가
아니! 누군가 뽑아 버린 어린 영산홍(影山紅) 한 포기가
반은 죽고, 반은 살아서 내 눈에 띄었습니다.
뿌리가 땅속에 온전히 들어가 있지도 않은 상태에서
그 어린 영산홍(影山紅)은 살아서 내게 눈짓으로
자기를 알리고 있음에 놀랍니다.
아! 미안하구나. 그것도 무척!
뿌리가 뽑힌 채로도 살아 있는데
나는 작은 상처에도 울며 아파했구나.
산(山)을 붉게 물들인다는 영산홍(影山紅)
내 마음을 이 아침 붉게 물들입니다.
살아 있음에 감사하고, 더 약한 사람 돌보며
그렇게 살아야겠다고 다짐하는 아침입니다.
유월도 가려 합니다.
하얀 돛단배처럼 7월이 밀려오는 아침입니다.

개미들의 어느 날

뜰 나무 벤치에 앉아
청아한 새소리 들으며 마시는 아침 커피
그 맛은 잠자고 있는 내 감성을 깨우고
내 추억을 깨웁니다.
그 시간이 하루 중 가장 나다운 시간입니다.
커피 중독
생각이 맑아질 때, 글을 쓸 때
그때는 줄 커피를 마십니다.
계속 마신다는 뜻입니다.
그때 마당에 한 무리의 개미들이
죽은 지렁이를 끌고 어디론가 갑니다.
대박이야!
대박!
개미들은 신이 났습니다.
그러나 조금 가다 멈추고, 조금 가다 쉬고….
진도가 더딥니다. 그러다가 누군가
개미들의 대박을 밟고 지나갑니다.
우리 인간도 그런 모습일 수 있겠습니다.
대박!이라고 움켜쥐었던 것이

사실은 재앙이 될 수도 있고

그냥, 속수무책으로 놓아 버릴 수밖에 없는….

소유(所有)를 줄일 때 마음의 뜰은 넓어집니다.

버릴수록 가득 차오르는….

영혼의 뜰

짐승들도 너무 욕심 부리다가

밟히는 때가 있다고 봅니다.

딴생각

엄마는 어디론가 셀폰으로 전화하고
강아지 햇살이는 저—쪽에서 만난 토리를 바라보고
그리움에 젖어 있습니다.
사람들도 제각각 딴생각을 할 때가 자주 있습니다.
한 사람은 해 뜨는 동쪽을
또 한 사람은 해 지는 서쪽을 보고 있을 때가 있는 것입니다.
딴생각.

참다운 깨달음은…

참된 인식은 잃어버린 후에야 옵니다.
눈의 소중함은 눈이 아팠을 때
그리고 손의 소중함은 손을 다쳤을 때
부모의 소중함은, 친구의 소중함은, 내 일터의 소중함은….
그것을 잃었을 때 깨닫습니다.
세상을 오래 살아온 사람들은 그 사실을 알기에
젊은이들에게 얘기해 주어도 그들은 바람처럼 흘려듣습니다.
그리고 어느 날
소중한 것들을 잃고 났을 때
비로소 깨닫습니다.
마음대로 걷고, 공기를 마시고
달려갈 수 있는 것이 얼마나 큰 축복인가!
참다운 인식(認識)은 잃어버린 후에야 옵니다.
안타깝게도 말입니다.
넘어질라! 넘어질라! 해도
까불던 아이가 넘어져 울듯이
그렇게 오만불손하던 어른이 넘어져 우는 모습
자주 봅니다.

거짓말

닭 한 마리가 매일 알 한 개씩을 낳고 있습니다.
제대로 먹이도 안 줄 때가 있는데….
그런 날은 알을 안 낳습니다. 아니 못 낳습니다.
고맙기만 합니다.
가둬 놓고 가끔 물과 모이, 야채를 줄 뿐인데
그 암탉은 자기 소임이라는 듯 알을 낳으니까요.
어떤 사람이 있습니다.
곱상한 얼굴에 친절한 미소가 늘 얼굴을 맴돕니다.
스마일 마스크를 썼나? 의문이 들 때가 있지만
웃는 얼굴이 보기 좋습니다.
그러나 그 여인을 가까이 하다 보면
너무나 임기응변 아니 거짓말을 잘합니다.
자기를 보호, 변호하기 위해서이기도 하지만
〈솔직한 자기〉 사실을 드러내기 싫은 민낯을 가리려고
화장하는 심정으로 작은 거짓말을 낳습니다.
그 여인은 매일 자기를 추하게 하는 거짓말을 낳고
또 낳습니다.
그 여인(女人)을 이제 믿지 않습니다.
그저 말을 안 시키고, 묻지 않는 것이 최선입니다.

암탉이 낳은 알은 우리에게 영양가를 주지만
그 여인의 거짓말은 비웃음과 불신
그리고 안타까움을 줄 뿐입니다.
어린 시절부터 정직이 얼마나 사람을
아름답게 하는가를 가르쳐야 합니다.
정직하지 않으면 남을 향한 배려도 없습니다.
닭은 알을 낳고, 그 여인은 오늘도
거짓말을 낳고 있습니다.
화려한 거짓말을….
참 딱한 여인입니다.

결혼이란…

요즘 여성들은 결혼에 환상을 품지 않는 듯합니다.
엄마, 할머니를 봐도 별로 부럽지 않은 인생입니다.
자기 꿈을 접고 자식들 뒷바라지에 세월 다 보낸
할머니, 엄마가 딱해 보이기도 합니다.
나도 이루고 싶은 꿈이 있었는데….
너희들 때문에 포기했다.
이렇게 울며 얘기하는 엄마에게 누가 포기하라 했어요?
라고 묻는 서운한 딸
그 딸들은 자기 꿈을 이루기 위하여 최선을 다합니다.
그래도 성공은 먼-데 있습니다.
결혼해도 결코 완전한 행복을 얻을 수 없기에
요즘 여성, 남성들은 결혼을 미룹니다.
연애할 때는 몰랐는데….
자꾸만 눈에, 마음에 거슬리는 배우자의 성격, 문화….
이제 결혼이라는 제도 자체가 없어지는 날이
올 수도 있겠습니다.
해도, 안 해도 후회하는 것이 결혼이라면
해 보고 후회라는 것이 낫다지만
결혼은 쉽게 결정해서는 결코 안 됩니다.

어떻게 자랐는가?

어떻게 살아갈 것인가?

충분히 검증, 검토한 후에

좀 철이 들어서 하는 것이 낫겠다는 생각입니다.

매미의 일생

매미 울음소리가 소나기처럼 쏟아지는 8월입니다.
매미의 허물이 뜰 곳곳에서 발견됩니다.
매미는 칠 년인가를 애벌레로 땅속에서 기다리다가
매미로 되어 일주일인가를 살다 간다고 합니다.
매미 울음소리가 어린 시절 외갓집에서 보내던
여름으로 데리고 갑니다.
마른 쑥의 향기와 은하수, 그리고 시냇물
외할머니의 그 자애로운 모습….
매미의 다섯 가지 덕(德)이 있습니다.
문(文): 매미의 입이 곧게 뻗은 것은 갓끈이 늘어진 것을 연상케 하므로 배우고 익히라는 뜻이고
청(淸): 이슬이나 나무진만 먹고 사니 맑음이요.
염(廉): 농부가 가꾼 곡식이나 채소를 해치지 않으니 염치가 있고
검(檢): 다른 곤충처럼 집이 없으니 검소하고
신(信): 늦가을이 되면 때맞추어 죽으니 신의가 있다.
매미에게서 오늘도 다섯 가지 덕을 배웁니다.
모든 곤충, 식물에게서 배웁니다.

고통도 변장해서 오는 은총이다

고통으로 쓰디쓴 고통으로
물도 마실 수 없을 때, 식사도 할 수 없을 때
그 어떤 말로도 위로가 되지 않을 때
그럴 때는 아! 한 편의 영화 같구나!
그렇게 생각하라고 친구에게 얘기한 적이 있습니다.
긍정적인 사람은….
고통 속에서도 어떤 긍정적 암시를 봅니다.
나쁜 사람 때문에 상처를 받았다면
나쁜 사람을 알아보는 눈을 갖게 되었으며
어딘가 아팠다면 어떻게 조심해야
건강할 수 있는가를 배웠습니다.
죽고 싶은 만큼 배신을 당했을 때
배신당한 나보다 배신한
그의 영혼을 위해 기도할 수 있을 때
나는 그릇이 커지는 것입니다. 큰 그릇이 되는 것입니다.
성장통으로 아이들이 크듯이 사람도
고통이라는 용광로에서 빛나는 인격을 얻게 됩니다.
고통은, 불행은 변장하고 찾아온 은혜입니다.

울고 있는 아이가 있다

자지러지게 아이 우는 소리가 들립니다.
불안합니다.
곧이어 도란도란 아이 달래는 엄마의 목소리가 들립니다.
아이는 큰소리로 울어도 흉이 되지 않습니다.
그러나 어른들은 울고 싶어도
남이 볼세라 소리 내어 울지 못합니다.
남 몰래 흐르는 눈물이 꽤 많습니다.
지나간 세월이 안타까워서, 후회스러운 일이 있어서
흘러가는 구름이 아름다워서
훨훨 우아하게 날아가는 두루미의 비상이 부러워서….
운전하며 가다가도 주르르 눈물이 흐를 때가 있습니다.
이제는 늙어 버린 육신이지만 가슴속에 감추고 있는
〈울고 있는 아이〉가 있습니다.
부모로부터 입은 상처는 평생 갑니다.
충분한 사랑을 못 받은 어른은 자라서
다른 사람을 사랑할 줄 모릅니다.
어른 아이!
어덜트 키즈가 눈에 자주 띕니다.
울고 있는 어른 아이!

어떤 남자의 고양이 사랑

신문을 보기가 두렵습니다.
엽기적인 살인
그리고 홧김에 저지르는 범죄
어느 날 신문에 난 사진과 기사를 보고 놀랐습니다.
애견센터에 누군가 불을 질러 건물이 타고
직원 8명 중 1명이 불에 타 숨졌다고 합니다.
이유는 어떤 남자가 고양이를 입양시켜 달라고 맡겼고
그 고양이는 다른 이에게 입양시켰는데….
어느 날 찾아와 고양이 데려간 사람을 알려 달라 요구했고
그 센터에서는 적응 기간이라 알려 줄 수 없다 했으며
그 남자는 화가 나 자기 차로 센터에 돌진했으며
그것도 모자라 불을 질렀다는 것입니다.
세상에!
그토록 사랑한 고양이를 왜 포기했다가
못찾게 되자 그런 끔찍한 일을 벌였는지….
그것도 사랑인가?
어처구니가 없었습니다.

이 시대(時代)의 고려장

요즘 주변에서 가장 자주 듣게 되는 말이
요양원이라는 단어입니다.
XX가 요양원에 가셨다.
스스로 간 것이 아니라 자식들이
그곳으로 모셨다는 뜻이 더 가깝습니다.
구십 넘어 요양원에서 소천하신 시어머니를 화장하고
돌아와 이제는 '홀가분하다'는 친구의 말을 듣고
'홀가분하다' 그 말에 공감을 하기도 하면서
한편 그 여인의 마음밭이 거칠구나
다시 한 번 부리부리한 눈망울을 쳐다봅니다.
무척 성공한 부자이면서도
결국 요양원으로 모신 그들이 결코 이해되지 않습니다.
어쩌다가 면회 가면 눈만 껌벅거리며 누워 계시더라는
얘기를 깔깔거리며 전하던 그 여인(女人)은
늙지 않고 죽는 날까지 호의호식하며 살 수 있을지….
사람은 다 늙어 가는데….
주변에 시아버지, 시어머니 재산을 다 가로채고도
단 한 달도 봉양하지 않고 이 시대의 고려장 같다는
요양원에 보내고 들여다보지도 않는
불효자식이 적지 않다고 합니다.

물론 집에서 간병할 수 없기에
어쩔 수 없이 시설에 모시는 것이지만….
자식이란 과연 무엇일까 회의가 듭니다.
옛날 옛적, 늙은 부모를 지게에 지고 가
산(山)에 버리고 왔던 고려장
되돌아갈 아들이 걱정스러워
길가에 나뭇가지를 뿌려 놓던 어머니
'어머니, 왜 나뭇가지를 뿌려 놓으시는 거예요?'
'너 돌아갈 때 혹여 길을 잃을까 걱정되서 그런다.'
어머니는 그런 존재이거늘
요양원이라는 깊은 산에 모셔 놓고 돌아가셨다는 소식에
홀가분해진 자식은 없을까요?
가족들이 지켜보는 가운데
〈무지개다리〉를 건너가고 싶은 노인들
우후죽순처럼 늘어난 요양원 앞을 지날 때마다
노년(老年)의 슬픔, 고독이 뼈저리게 느껴집니다.
어느 날, 양로원에 갔을 때
깔끔하게 입으신 아직도 자태가 고운 할머니를 뵈었습니다.
할머니께서는 묻지도 않는데….
'우리 아들이 온다고 해서 기다려요.'

'아! 그래요? 좋으시겠어요.'
2주일이 지나고 다시 그곳을 찾았을 때
그 할머니는 또 그 자리에서 누군가를 기다리고 있었습니다.
아드님은 다녀갔나요?
할머니는 외면한 채 그 말을 못들은 척하셨습니다.
그곳 총무 얘기가
'한 번도 찾아오지 않는 아들을
매일매일 저 자리에서 기다리고 계세요. 가엾어요.'
그만 눈물이….
우리는 얼마나 많은 세월을 오지도 않는 전화를 기다렸는지?
또 얼마나 오랜 시간을
결코 내 것이 되지 않는 꿈을 기다렸는지?
그 긴– 기다림 끝에 닻을 내린 곳이 요양원
죽어야 나온다는 요양원이란 말인가?
허무해서 그만 연꽃이 하늘거리는 그곳을
황망히 빠져나오며 울었습니다.
부모의 일생이란 무엇인가?
나는 또 어떤 자식일까?
지나가는 바람에, 연꽃 만나고 가는 바람에게 물었습니다.

2

봄, 햇살 그리고 타라 이야기

고양이들의 식사(食事)

유치원 뜰에 고양이 서너 마리가 놀러 옵니다.
그냥 놀러오는 것이 아니라
아마도 〈밥〉을 먹으러 오는 모양입니다.
어떤 녀석은 배가 불러 살이 쪘나 했더니 임신했던가 봅니다.
어느 날 대여섯 마리의 새끼를 데리고 나타났습니다.
엄마를 닮아 입가에 점이 있는데 여간 귀여운 게 아닙니다.
그러던 어느 날, 한 마리가
국화더미 속에서 숨을 할딱이고 있었습니다.
몸이 아픈가? 들여다보니 어미가 목덜미를 물더니
어디론가 가 버렸습니다. 아마도 죽었을 것입니다.
새끼들이 무럭무럭 자라더니 그 어미는 어디론가 사라지고
입가에 점이 있는 여자 고양이가 자주 오갑니다.
어느 날, 출근하는데 검은 세단 밑에서
야옹야옹 우는 소리가 들려 보니
우리가 먼로라고 이름 붙인 녀석이
나를 기다리고 있다가 나를 부른 것입니다.
유치원으로 따라 들어오더니
자기들 식사를 주곤 하는 뒤뜰로 가서 기다리고 있습니다.
어찌나 귀여운지! 그 녀석의 모습을 필름에 담았습니다.
사료를 그릇에 담아 주니 좋아라 먹고

또 어디론가 길 떠나고, 타라가 왔습니다.
타라 녀석은 사료를 주자 냄새만 맡고는 내게 달려들어
부비고, 눈을 감았다 떴다 하며 애교를 부립니다.
결국 참치 통조림을 사다 주니 먹고는 남기고 떠납니다
동료들이 와서 먹으라는 듯 으레 남기고 갑니다.
이 녀석 저 녀석 다시 먹고 갑니다.
그런 고양이들을 보면서 자기가 원하는 것을
사람 마음에 들게 해 얻어먹고 동료에게도 남겨 주는
그 마음이 감동스럽습니다.

사람들은….

자기 혼자만 배불리 먹겠다는 사람이 많은데….

고양이들의 식사를 보면서

동물의 세계에 특히 고양이들의 우정에 감탄합니다.

온통 우리 주변에는 가르치는 멘토가 많습니다.

동물도, 식물도, 바람도 그 무엇도 우리를 깨닫게 합니다.

닭 한 마리 키우는데…

암탉, 수탉을 몇 년 전 사 왔습니다.
좁은 닭장 속에서 여자 닭은 늘 남자 닭이
물만 먹어도 쪼아 대고 구박을 하기에
다른 사람에게 보내고, 암탉만 키우고 있습니다.
우아한 자태, 미모의 암탉
싱글을 택했기에 외로워 보이지 않습니다.
알을 하루에 하나씩 낳는데….
사람들은 여름만 되면 삼계탕 얘기를 합니다.
내가 모이를 주고, 물을 주면서
몇 년을 함께 눈 마주치며 살았는데
'그런 소리 하지도 마세요. 자연 폐사할 때까지 함께할 거예요.'
하지만 여름이 오면 또 누군가 이렇게 얘기합니다.
늙은 닭은 영양가도 없는데….
나는 함께 살아온 닭으로 영양 섭취하고 싶지 않습니다.
닭 한 마리 키우는데 왜 사람들은 〈영양〉만 생각하는지….
생명 있는 모든 것들과 정을 나누며 사는 사람에게
그런 충고는 고문입니다.
그것도 참으로 힘든….

타라의 다리

타라라는 고양이가 어느 날
다리를 절룩이며 나타났습니다.
심하게 다리를 절어서 보니
누가 돌을 던졌거나 때린 듯한 상처로 속살이 다 보입니다.
구급약을 발라 주고, 급한 대로
손수건을 찢어 상처를 묶어 주고 기도했습니다.
이 타라의 다리가 온전해지기를!
그다음 날 나타난 타라
다리에 묶었던 손수건은 사라졌고
한결 상처가 아문 듯 보였습니다.
그렇게 하루, 이틀, 사흘….
어느 날 나타난 타라의 다리는
거의 나아 제대로 걸을 수 있었습니다.
함께 일하는 여자 기사는 애가 먹을 것을 주니
고양이들이 나타난다며 싫은 기색이 역력합니다.
그들이 뭐라 하던 나는 참치와 사료로
그들의 생명을 연장하고 있습니다.
사람도 소중하지만….
짐승들도 사랑스러운 존재이기에 그렇습니다.

우리가 무슨 권리로

그들의 다리를 부러뜨리고 굶길 수 있을까요?

인간의 오만에 때로 오한이 들기도 합니다.

타라, 문(門) 앞에서 기다리다

내 사무실 앞에서 타라라는 고양이가
기다리고 있는 모습을 박(朴) 실장이 찍었습니다.
언제 오실까?
나에게 참치를 주는 이지윤 엄마
언젠가 다리를 다쳐 온 그날부터
나는 타라라는 고양이의 엄마가 되었습니다.
약을 발라 주고, 손수건을 동여매 준
다리의 상처는 이제 거의 아물었습니다.
타라는 내 목소리를 알아듣고 찾아옵니다.
눈을 깜빡이며 조는 듯 윙크하며 쫓아다닙니다.
야옹, 참치 주세요.
사료를 주면 먹지 않고 또 윙크하며 야옹 웁니다.
동료들은 참치를 주지 않아야 찾아오지 않을 거라 말합니다.
그러나….
빠듯한 돈을 털어 참치를 사다 먹여야 마음이 편합니다.
며칠 어딘가 다녀오더니 배가 홀쭉해졌습니다.
아픈가? 걱정입니다.
참치 통조림 하나를 다 먹고는 어디론가 또 떠났습니다.
거리에서 만나면 한 번 쳐다보고는

그냥 가 버리는 냉정한 타라이지만….

며칠 안 보이면 궁금합니다.

로드킬이 많아서….

사람들이 잡아가지 않았나 궁금해서 가슴이 먹먹합니다.

애착을 갖게 되면 힘이 듭니다.

작별의 시간이 두렵기에….

강아지에게도 선천(先天)은 있다

봄이란 개(12살)는 사 올 때
가장 활발하게 노는 아이를 골랐다고 합니다.
어찌나 활발한지 침대 위로 뛰어 오르내리고
소파 가장 높은 곳에 날아가듯 올라앉습니다.
가만히 앉아 있을 때 보면 그 깊은 눈망울이 철학자 같습니다.
봄이는 유학 갔다 돌아온 언니와 함께 살고 있습니다.
그 아이와 둘이서 유학 간 딸을 기다리던 나날들
봄이가 지켜 주니 무섭지도, 외롭지도 않았습니다.
어쩌다가 우리 집에 맡겨 놓고 딸이 강의하러 가면
문 앞에서 계속 기다립니다.
전화만 와도 언니가 왔다는 전환가? 폴짝폴짝 야단입니다.
강아지를 키워 본 사람은 압니다.
그들이 얼마나 사람 마음을 잘 헤아리고 충성스러운지!
자식보다 낫다는 생각도 지나치지 않는 듯합니다.
따뜻한 반려견
왜 그들을 키우다가 버리는 것인지….
안타깝기만 합니다.
개에게도 선천(先天)이 있습니다.
교육으로, 훈련으로 고쳐지지 않는….

다 같은 자식인데…

상처를 지닌 채 어른이 된 사람들을 보면
애착장애가 있기도 하고, 어딘가
텅 빈 동굴 같은 면이 엿보이기도 합니다.
어떤 원숭이가 자기가 사랑하는 원숭이를
늘 가슴에 품고 다니고
미워하는 자식 원숭이는 혼자 자라도록 구박했다고 합니다.
구박덩어리 원숭이는 혼자 먹이를 찾고
혼자 살아갈 힘을 키웠는데
엄마가 유난히 예뻐한 원숭이는
엄마 원숭이가 먹여 주는 대로 먹고, 다 해 주니
응석받이로 자랐습니다.
어느 날 숲 속에서 전쟁이 났다고 합니다.
엄마 원숭이는 자식 원숭이를 안고 싸우다가
둘 다 죽었지만 천덕꾸러기 원숭이는 그 전쟁에서
훌륭하게 살아남아 멋지게 살아갔다는 이야기
다 같은 자식인데….
왜 저희 딸들에게만 살아갈 힘을 키워 주셨나요?
다 같은 자식인데….
아들에게 다 빼앗기고 그 노인의 눈에서는
통한의 눈물이 흐릅니다.

햇살이가 벤치에서 기다린다

겨울비가 추적추적 내리다가
함박눈으로 내리다가 진눈깨비로 내리는 11월 하순
산(山)에는 못 가고 아파트 주변을 산책하기로 하고
아빠와 집을 나섰습니다.
햇살이는 왜 엄마가 안 보이는 것일까?
며칠째 감기로 앓아누운 엄마를 계속 곁에서 지켰는데….
아빠가 나가자는 말에 쫄랑쫄랑 뛰쳐나왔지만….
엄마가 빠진 산책이 우울합니다.
엄마는 햇살이에게 말하곤 했습니다.
'햇살아! 네가 엄마 딸보다 낫구나.
전생(前生)이 있다면 아마도
네가 내 효성스러운 딸이었나 보다.'
엄마의 늙어 가는 모습이 가슴 아픈 햇살이
엄마가 더 늙지 않고 자기가
〈무지개다리〉를 건너가는 그날까지
엄마, 아빠, 햇살이 셋이서 행복했으면 좋겠다고 생각합니다.
고양이도 사랑하는 엄마가 가끔은 서운하지만….
엄마의 가슴에 안겨서 새벽녘.
베란다 안락의자에 앉아 커피를 마실 때

엄마와 나는 행복합니다.

키우다가 버리는 사람도 있는데

엄마, 아빠는 그 어떤 경우에도

햇살이를 버리지 않으리라 믿습니다.

엄마도 가끔 벤치에 앉아 그 무엇인가를 기다립니다.

그것이 봄인지, 잃어버린 꿈인지

잃어버린 젊음인지 모르지만 벤치에 앉아 기다리고 계십니다.

아름답다는 생각을 합니다.

개미들

뜰 벤치에 앉아 커피 마실 때
아침 나절의 커피가 유난히 당깁니다.
커피를 마시며 뜰에서 도란도란 얘기하는
꽃과 나무 이야기에 귀를 기울입니다.
꽃도, 나무도, 새들도, 아침을 좋아하는 듯합니다.
어느 날, 잔디 사이로 개미들이
죽은 잠자리 한 마리를 물고 어디론가 (자기들 집으로)
끌고 가느라 애쓰는 정경이 눈에 띄었습니다.
그 개미들은 이게 웬일이야?
이렇게 큰 먹이를 발견하다니!
신이 나서 영차영차 몰고 갑니다.
가다가 넘어지고, 다시 물고 가느라 정신이 없습니다.
우리도 그 개미들처럼 자기 능력에 부치는
욕심을 안고 가다가 넘어질 때가 있습니다.
부도가 나기도 하고, 중병에 걸리기도 하고,
절벽 아래로 떨어지는 절망의 덫에 걸리기도 하면서….
개미도 능력밖의 먹이를 물고 가다가
사람들이 무심코 밟고 갑니다.
놓아 버리면 될 것을….

곤충이나 사람이나 자기 능력밖의 것은

놓는 것이 현명하다고 믿습니다.

동물병원에서

어느 날 햇살이의 예방주사를 맞히러 병원에 갔습니다.
소파에 앉아 순서를 기다리다가
진료실에서 흐느껴 우는 여인네의 목소리가 들려왔습니다.
무슨 생각하다가, 누군가의 얘기를 듣다
곧잘 눈물을 흘리는지라 또 울컥 눈물이….
간호사에게 물어보니 자기가 키우던 강아지가
암에 걸려 안락사를 시켜야 된다는 것입니다.
차라리 편하게 〈무지개다리〉를 건너게 하는 것이
더 큰 사랑이겠지만….
그 엄마는 너무나 큰 슬픔에
흐느껴 울고 있는 모양이었습니다.
늘 꼬리를 흔들며 다가와 안기던 아기
그저 먹이를 주고, 안아 주고, 산책이나 시켜 주고
목욕을 시켜 주었을 뿐인데
그 아기들은 어쩌나 큰 사랑을 사람에게 안겨 주는지!
안 키워 본 사람은 모릅니다.
그 아이들은 그저 사람에게 사랑만 바치고 갑니다.
그런 아이들에게 돌을 던지고, 학대하는 인간도 있다니!
사람이 무서워집니다.

딸아이가 외동이다 보니 강아지를 많이 키웠습니다.
지금 결혼한 딸이 데리고 간 봄이는….
12년을 저희 가족과 함께 봄, 여름, 가을, 겨울을 보냅니다.
아프면 결코 곁을 떠나지 않고 지켜 주는 봄이와 햇살이
그 아이들과 가끔 유치원으로 다니러 오는 타라
그 아이들이 있어 행복합니다.
배신하지 않고, 먹이 외에 요구하는 것도 없는 아이들….
그런 아이들을 버리고, 때리는 사람들은 없기를!

돌아온 타라

타라는 다리 부상이 다 나았는데
어디를 헤매고 다니는지….
며칠째 나타나지 않고 있습니다.
요즘은 로드킬이 많아서 혹여 차에 치여 죽었는가?
걱정이 되었습니다.
그렇게 하루, 이틀, 사흘….
일주일이 지나고 드디어 타라가 나타났습니다.
죽은 줄 알았는데….
와락 눈물이 납니다.
예전처럼 바닥에 뒹굴며, 배를 보이며
발에 볼을 부비며 애교를 떱니다.
다른 길 고양이들은 다가오다가 달아났다가
늘 경계의 눈초리를 보이건만
타라는 눈으로 윙크를 하며 다가옵니다.
그런 타라를 미워할 수가 없습니다.
다시 돌아온 타라는….
사료를 거들떠도 안 보고 쫓아다니며
야옹야옹 참치를 주세요. 부탁합니다.

할 수 없이 참치 통조림도 사다 줘 맛나게 먹고는
또 어디론가 떠났습니다.
타라는 바람둥이 남자 같습니다.
그리움만 남겨 놓고 떠난 타라
아마 며칠 돌아다니다가 또 돌아와
야옹야옹 애교 있게 인사할 것입니다.
타라는 사랑받게 하는 고양입니다.

햇살이 1

어느 날 햇살이 아빠가 시골집에 머무느라
햇살이와 단둘이 하루를 지내고….
월요일 아침 출근하는데
햇살이의 눈빛이 너무나 간절해서
데리고 출근하려고 아빠에게 동의를 구하니….
단호하게 '안 된다!' 고 합니다.
안고
'햇살아, 곧 돌아올게. 음악을 들으면서 기다리고 있어요.'
그 아이 혼자 큰 집에 있을 생각을 하니 눈물이 고입니다.
늘 아빠를 기다리고, 엄마를 기다리고….
어쩌다 혼자 있던 시간이 길었던 날은
현관에 들어서기 무섭게 막 항의합니다.
우우-
머리를 하늘을 향해 들고 사람처럼 항의합니다.
왜 나만 혼자 두고 외롭게 했느냐?고 묻는 듯합니다.
가슴에 안고 토닥거리며
'햇살아! 정말 미안해!'
사람이나 동물이나 외로움은 견디기 힘든 일인가 봅니다.
햇살이를 위해서도 강아지 한 마리를 더 데려와야겠습니다.

물론 서로 샘 부리며

엄마, 아빠 사랑 독차지하려 하겠지만….

둘만 있을 때는 서로 위로가 되지 않을까 생각합니다.

햇살은 사계절 다 좋은 빛이지만

봄 햇살이 제일로 좋지 않나 싶습니다.

햇살이의 가을

햇살이가 하루 중 제일 행복한 표정일 때가
바로 산책할 때입니다.
아빠의 번역 일이 끝나기를 기다렸다가 4시경이 되면….
코를 벌룸거리기도 하고, 눈을 동그랗게 더 예쁘게 뜨고
애교를 부립니다. 어찌나 매력적인지!
그래! 그래!
우리 햇살이 산책 나갈까?
푸— 푸—
햇살이와 걷는 산책로에 낙엽이 쌓였습니다.
노랗게, 빨갛게 물든 낙엽 카펫
그 위에서 햇살이는 냄새를 맡습니다.
낙엽 냄새를 맡는 것인지
자기가 오줌 눈 곳을 확인하는 것인지
그것은 모르겠지만 햇살이는 낙엽 위에서
오래오래 떠나지 않습니다.
아!
엄마가 제일 좋아하는 가을입니다.
너무나 짧아서 애틋한….

아! 바람이 분다

햇살이가 산책길에서 바람이 부니
멈춰 서서 바람의 냄새를 맡습니다.
아! 단풍 든 나무들 사이로
불어오는 바람! 바람이 분다.
살아야겠다.
어떤 시인의 시(詩)처럼
햇살이도 바람을 몹시 좋아합니다.
후각이 유난히 발달한 강아지들
강아지들을 보면 철학자 같습니다.
무슨 생각을 그리 깊이 하는지….
눈으로 많은 말을 하는 그 아이들
함께 오래 살다 보면 눈빛으로 알아듣습니다.
웃으면 달려오는 그 아이들을
어찌 사랑하지 않을 수 있나요?

햇살이의 대나무밭

햇살이는 팬클럽이 있을 정도로 영리하고
미모가 빼어나지만….
사실 햇살이는 외로울 때가 많습니다.
아빠나 엄마는 햇살이의 말을 잘 알아듣지만….
그래도 전혀 엉뚱하게 알아들을 때가 많습니다.
혼자 햇살이를 집에 두고 외출해서 돌아오면
원망스러운 목소리로
'섭섭했어요. 나 혼자 있게 하고.'
목청껏 우우, 멍멍 항의를 하고
즐거운 일이 있을 때도 기쁜 표정을 하고
꼬리를 한껏 흔들며 우우— 하고 말을 하지만….
어느 땐 엄마, 아빠가 말을 못한다며
'말을 해라! 말을' 핀잔을 할 때는
외로워서 아파트 근처에 있는 대나무밭에 갑니다.

'너는 아니?
가끔 나는 외로워서 눈물이 난단다.
내 엄마 개는 어디에 있을까?
그들은 내 말을 알아들을 수 있을 텐데….
지금 나를 키워 주시는 엄마, 아빠는

가끔 내 말을 못 알아들으신다.
사람과 개가 아무리 친하다 해도
서로 모르는 말이 있는 것 같아.
그래도 말은 속속들이 몰라도
사랑은 알 수 있기에 행복해.
대나무야.
늘 푸른 너를 사랑한다.
또 올게.
외로울 때, 안녕!'

집으로 가는 햇살이에게 대나무는 이렇게 말해 줍니다.
'애! 햇살아.
너의 엄마도 외로우실 때는 내 곁으로 왔다 간단다.
〈관계〉란 어려워.
남편도, 딸도, 동료도 내 말을 잘 알아듣지 못하니 외롭단다.
이러시면서 나를 바라보다 가신단다.'

살아 있는 모든 것은 외롭다고 엄마는 늘 말씀하십니다.
잠깐 엄마, 아빠의 외로움을 잊었습니다.
모두 다 외로운 존재라는 것을 말입니다.

햇살이 2

햇살이의 여섯 번째 생일

고깔모자를 쓰고, 케이크에 촛불을 밝혔습니다.

햇살이는….

애견센터에서 가장 조용하고 순(順)해 보이는 아이를 골라

데리고 와 육 년을 함께했습니다.

자다가 위태해서 응급실로 달려가기도 하고

씻기고, 예쁜 옷 계절 따라 입히면서

딸처럼 키우고 있습니다.

어찌나 온순한지 교회 갈 때도 데리고 가 차에 놓고

예배드리고 오면 반가워 안기는 햇살이

옷맵시도 어찌나 나는지 어떤 옷을 입어도 멋집니다.

햇살이는 목소리가 있느냐?고 물을 정도로

짖지를 않고 조용히 컸습니다.

할머니께서는 이렇게 예쁜 강아지는

처음 본다며 안아 주십니다.

강아지를 몹시 싫어하는 할아버지도

저리 가라! 못하시고 웃으며 바라보십니다.

이 아이는 엄마가 아프면 한시도 곁을 떠나지 않습니다.

몸살이 나서 눈물을 흘리며 앓고 있을 때

친구 만나러 나가고, 레슨 때문에 나올 수 없다는 딸

혼자 운전하며 병원에 가면서
홀로 있는 햇살이만 눈에 밟혔습니다.
걱정스러운 눈빛으로 바라보고 서 있던 햇살이
주사 맞고, 응급처치하고 돌아오니 반갑게 안깁니다.
'그래! 네가 전생(前生)에 내 딸이었나 보다.'
눈물이 가득 고입니다.
이런 사랑스러운 아이들을
200마리나 주워다 키우시는 할머니
그분은 날개 없는 천사라고 생각합니다.

먹을 것, 마실 것만 주면 주인을 부모처럼 섬기는 강아지들
그들은 상속도 바라지 않고
그저 사랑만 바라며 주인을 챙깁니다.
늘 곁에 있는 햇살이
그 아이만큼 사랑스러운 존재는 제게 없습니다.
그토록 순한 햇살이도 고양이만 보면
쏜살같이 달려가 쫓아 버립니다.
앙숙입니다.

미안하다! 알아듣지 못해서…

집에서 딸처럼 키우고 있는 햇살이라는 강아지는….
아빠가 강의하러 학교에 갈 때도
따라가서 차 안에서 조용히 기다리고, 교회에 갈 때도
그 누구를 만나러 갈 때도 따라갑니다.
계절에 맞고, 장소에 맞는 옷을 입고
우아한 자태를 뽐내며 갑니다.
그런데 그 아이 강아지의 눈을 보고
배가 고프구나, 화장실에 가고 싶구나, 산책을 하고 싶구나!
봄이라는 언니를 만나고 싶구나! 추측하곤 하는데
그 눈으로 하는 말이 거의 다 맞아떨어지긴 합니다.
그러나….
왜 그러는지 몰라서
'말을 해 봐! 말을!' 하지만….
도무지 그 햇살이의 눈빛 언어가
무엇을 뜻하는지 모를 때가 있습니다.
그럴 때 그 아이는 머리를 하늘로 향해서
우—우— 하며 울부짖습니다.
'참 답답하다고요.'
이렇게 얘기하나 봅니다.

아빠가 햇살아! 산(山)에 가자 해도

엄마 뒤에서 주춤거리며 엄마의 눈치를 살핍니다.

'가도 되나요?'

'함께 가시지 않으시나요?'

묻습니다.

아냐, 엄마는 할 일이 있어. 어서 다녀와!

그제서야 아빠를 따라나서는 햇살이.

미안하다. 네 마음을 잘 헤아리지 못해서….

새들의 우짖는 소리가 나무 위에서 들려옵니다.

미안하다!

너희들 말을 알아듣지 못해서

매일 노래만 하는 줄 알았다.

때로는 통곡을 하고 있었을 텐데….

봄, 햇살 그리고 타라 이야기

우리는 다리를 다치고도 꿋꿋하게 걸어 다니는
암코양이에게 타라라는 이름을 지어 주었습니다.
타라는 이름도 없이 떠돌아다니는 길 고양이
그 아이에게는 먹을 것이 없어 떠도는지라
참치에 고양이 사료를 버무려 주는 뜰이
너무나 좋은 모양입니다.
어찌나 애교를 떨며 고마워하는지
눈물이 다 나올 지경입니다.
몸을 부비고, 야옹야옹 눈을 떴다 감았다
웃을 수밖에 없고, 먹이를 챙겨 줄 수밖에 없습니다.
공공의 적이라며 돌멩이를 던지는 남자에게
단호하게 소리쳤습니다.
돌멩이를 던지지 말아요!
이 고양이들이 우리를 해코지하는 게 무엇이라고
'공공의 적'이라 '요물'이라 하느냐고 물었습니다.
그들은 멋쩍어 하며 돌아갔습니다.
먹을 것이 없어 쓰레기를 뒤지는 게 그 아이들뿐이 아닙니다.
빈민국 아이들도 먹을 것을 찾아 이것저것 헤집고 다닙니다.
생명(生命)이 있는 한 살아야 하기에 그렇게 하거늘

먹을 것을 주기는커녕 돌을 던지고, 덫을 놓고….

잔인한 사람도 더러더러 있는 세상입니다.

한 달에 10만 원이나 쓰면서 캣맘(Cat mom) 노릇을 하는

여인이 있다는 소식을 듣고 감동했습니다.

툭하면 보톡스를 맞을까? 박피를 할까?

몸매 관리로 XX다이어트니 뭐니….

그렇게 해 봤자 아름답지도 않은데

그 캣맘은 자기에게 쓸 돈을 아껴

길 고양이에게 밥, 물을 주다니!

그런 사람이 몇 백 배 아름답습니다.

아무리 외모가 이력서이고, 신용장인 시대라 하지만

품성이 착한 사람은 더할 나위 없이 아름다운 법입니다.

타라도 그렇게 얘기합니다.

생명을 귀히 여기는 사람이 최고 미인이라!고.

타라와 그 아이들

타라와 그 아이들입니다.

고양이의 번식률은 대단해서 툭하면 배가 불러 나타납니다.

타라도 아기를 네 마리 낳았는데

어느 날 한 마리가 다쳐서 어디론가 사라지더니

두 마리만 남아 유치원에 찾아와 귀엽게 뛰놉니다.

나무에도 올라가고, 중국 매미도 잡고

닭장 앞에 가서 〈닭〉을 희롱하기도 하고

국화꽃 밭에 숨어 까꿍!도 합니다.

어떨 때는 모든 동물이 귀엽습니다.

나도 어릴 적에는 고양이를 두려워했는데

나이 지긋해지고 나니 모든 동물이 귀엽게만 보입니다.

사람도 3세, 5세, 6세 이 아이들은

돌아다니는 꽃이고, 악기이고, 향기 같습니다.

타라 아이들은 유치원 뜰 작은 집에 들어가

늦가을 정취를 느끼고 있습니다.

아! 벌써 가을이 가려나 봐. 약간 추워

그들을 바라보는 타라의 배가 불룩하니

곧 또 아이들을 낳으려나 봅니다.

참치나 꽁치, 사료를 버무려 주면

어디선가 잠복하고 있다가 나타나는

검은 고양이, 병든 고양이

다섯 마리나 됩니다.

이 아이들이 사람들이 놓은 덫에 걸려

잡혀가 안락사되지 않기를 빌어 봅니다.

생명이 있는 것은 모두 애달픈 존재입니다.

다리

다리가 많은 동네를 산책하는 것이 행복합니다.
두루미가 날아가고, 철새들이 찾아오는 동네
그 동네에 가서 강아지와 뛰고, 웃고 얘기하는 시간이
하루 중 제일 근사한 〈나만의 시간〉입니다.
다리를 보면….
왜 나는 멀쩡하고 긴 다리를 갖고도
저 다리를 건너가는 것을 두려워했을까?
프라하에서 산 다리를 그린 판화
그 그림을 거리에서 그려 팔던
연보라색으로 온통 코디했던 거리화가의 모습이 떠오르고
늘 다리 앞에서 망설이던 젊은 날의 내가 떠오릅니다.
두려움 없이 〈다리〉를 건넜다면….
내 인생은 지금과는 많이 다른 풍경이 되었을 듯합니다.
늘 떠난다고 떠나 봤자 제자리
이 오래된 정원에서
제자리걸음으로 오랜 세월을 보낸 내가….
때때로 눈물겹게 안쓰럽습니다.
제 딸은
다리(bridge) 앞에서 두려워하지 말고 건너가기를 빕니다.

새로운 세계로 옮겨 가는 여성이 되기를 말입니다.

다리(leg)와 다리(bridge)는

새로운 신세계로 인도하는 중요한 요소라고 생각합니다.

햇살이의 늦가을

나무가 하나 둘 옷을 벗을 때
사람들은 하나 둘 옷을 껴입습니다.
그토록 아름답던 단풍도 하르르, 하르르 지고
퇴비가 되기 위하여 포대에 담겨 떠나가는 낙엽들
햇살이는 레인코트를 입고 단풍 구경을 합니다.
아파트 주변에 살고 있는 두 마리의 고양이도 잘 있나?
내가 오줌을 누던 산수유나무도 잘 있을까?
오고 가던 동네 아주머니, 할아버지께서
아유! 레인코트 입었네.
까르르 웃으며 예쁘다 칭찬하십니다.
햇살이도 사람처럼 자기 미모에 자부심이 대단해서
칭찬하지 않고 지나가는 사람에게는 멍-멍- 짖어 댑니다.
너무 주목받는 인생도 힘이 들지만
매일매일 칭찬 듣는 강아지의 일생도 힘이 듭니다.
먹을 것을 주고, 안아 주고, 씻겨 주면 늘 달려오는 강아지
강아지인 햇살이도 늦가을 되니
센티멘탈해져서 우수에 젖어 있습니다.
계절을 느끼는 것은 사람이나 짐승이나 마찬가진가 봅니다.
햇살이네 집에서 10분 거리에 〈봄〉이라는 개가 살고 있어서
햇살이와 만나면 〈봄, 햇살〉이 되는데….

햇살이가 좋아하는 말 세 마디

눈이 구슬처럼 크고, 까만 햇살이!
햇살이가 좋아하는 말 세 마디는
산책 갈까?
폴짝폴짝 뛰며 푸—푸— 거리며 좋아서 안절부절 못합니다.
그다음 아침에 일어나서, 저녁에 엄마 곁에 와 서성대면
밥 줄까?
좋아라 빙글빙글 돌며 야단법석입니다.
편식이 심해서 여러 종류를 돌아가며
싫증나지 않게 줘야 합니다.
그렇지 않으면 먹지를 않고 주방 한편에 앉아
조용히 시위를 합니다.
일요일
엄마, 아빠가 외출복으로 갈아입을 때
왔다 갔다 하며 눈으로 물어 봅니다.
저도 가나요?
햇살아
눈이 내려 좀 춥지만 함께 가자!
몹시 덥지만 함께 가자!
햇살이는 좋아서

어찌할 바를 모릅니다.

함께 교회 가고, 함께 산책하고, 함께 밥 먹는 햇살이가

가장 가까운 가족입니다.

사랑스러운 햇살아

오래 건강하게 우리 곁에 있어다오.

첫눈이 내릴 때

첫눈이 내리면 만나자던 친구가 하늘나라로 가고….
첫눈이 꿈결처럼 내리는데 함께 사는 강아지 좋아라
밖에 나가자고 재롱을 떱니다.
눈이 많이 쌓이면 미끄러울 텐데….
운전하기가 두렵고, 걷기도 조심스러운데….
하염없이 첫눈은 내리고
자식들 때문에 더 외로우실 부모님께 전화를 걸었습니다.
그래! 눈이 내리는구나.
너 결혼하던 날도 함박눈이 펑펑 내렸는데….
어머니가 살아 계신 것만도 큰 축복이라며
햇살이와 산책길에 나섭니다.
햇살이는 좋아서 앞장서 달려갑니다.

오늘도 쓸쓸한 가을비

줄기차게 내리는 가을비가 마음까지
가슴까지 적시는 늦가을입니다.
왜 이다지도 쓸쓸한가
가을비 내리는 날
여인 셋이 앉아 하염없이 창밖을 내다봅니다.
한때 씻은 무 같았던 늘씬한 몸매는 세월 속에 묻히고
약간 두툼해진 몸매의 60대 여인 셋이서
비 내리는 거리를 내다봅니다.
'자식도 그저 그렇고…. 이제 손녀들이 귀여워!'
한때는 남성들의 가슴을 설레게 했던 제법 고운 태
아직 남아 있는 여인 셋이서 얘기 나누는 카페에
접시 깨지는 소리는 들리지 않고
그저 빗소리만 들립니다. 토독 토독….
어쩌면 노년기의 여인들에게는
오늘도 내일도 가을비가 내리는지도 모릅니다.

가을엔 기도하게 하소서

추수가 끝나가는 들녘에 서거나
노을이 지는 강변에서나 폐휴지를 가득 싣고
비틀비틀 걸어가시는 어르신들을 뵐 때
그토록 최선을 다 했어도 속수무책으로 일이 해결 안 될 때
그때 기도를 합니다.
햇살이도 기도합니다.
엄마의 가슴앓이가 빨리 낫기를
어려운 일이 해결되어 활짝 웃게 되기를 기도합니다.
또 좋아하는 음식을 자주 먹고
야생화 피는 마을로 자주 산책하게 되기를 기도합니다.

가엾은 사람

먹을 것도, 입을 것도
잘 곳도 없는 사람 불쌍합니다.
날씨는 추워지는데, 그들은
한데서 신문지를 덮고 잠을 청합니다.
하늘의 별이 눈물처럼 떨어지는 밤
그들은 자기 인생이 왜 이리 곤두박질쳤을까
한숨 쉬며 잠이 듭니다.
늙은 몸으로 손수레에 폐휴지를 가득 싣고
언덕길을 올라가는 할머니, 할아버지….
그들도 가엾고, 부모의 잘못된 사랑으로
제대로 자라지 못하는 아이들은 더 불쌍합니다.
그런데 가장 불쌍한 사람은 자기의 가치를 모르고
한껏 부풀린 자기를 진정한 자기로 생각하며 살다가
어느 날 낭떠러지에 서게 되는 사람
자기 혼자 자기가 최고라는 사람이
가장 불쌍한 족속이라고 생각합니다.
그 사람이 있는 곳에 평화가 깨지고
갈등만 부글거리게 하는 사람
그런 사람이 불쌍합니다.

오래된 정원

사람들은 대부분 뜰이 있는 집을 원합니다.
꽃나무 목련도 심고, 목백일홍도 심고
아롱다롱 꽃도 보고 싶어 기웃거립니다.
정원이 있는 집 거기에 텃밭이 있는 집을 부러워합니다.
오래된 정원, 30년이 넘은 정원에 배추도 자라고 있고
벼도 자라 익었고, 국화들도 향기를 내뿜고 있습니다.
그 어떤 꽃보다 예쁜 꽃 아이들의 웃음소리
노랫소리 가득한 정원입니다. 유치원입니다.
이런 아이, 저런 아이 환경도, 모습도 다르지만
거의 건강하고, 행복한 꽃들입니다.
요즘 엄마들은 새 정원을 좋아하지만
그래도 깊이 있게, 넓게 보는 엄마들은
오래된 정원에서 전통과 철학을 읽어 냅니다.
유치원 주변에 300살이 넘은 느티나무가 있습니다.
30년 지키기도 힘들었는데
이 오래된 정원이 백세나 먹을 수 있을지….
우리는 너무나 빨리 싫증을 내고
부수고 새로 짓는 특성이 있지 않나 싶습니다.

빈티지를 싫어하는….

30년 동안 떨어뜨린 눈물, 땀방울 그리고

아이들이 남겨 놓고 간 선물이 어우러져 〈행복〉을 만듭니다.

독일 교육가 프뢰벨이 만든 최초의 독일 유치원

어린이의 정원이라는 뜻을 가진 kindergarten

아이들은 놀이를 통해

인간의 본성을 신장시킨다고 여겼습니다.

그 후 마리아 몬테소리는 이태리 로마 근처 빈민 지역에

카사데 밤비니(casadei bambini)라는 유치원을 세웠습니다.

30년 된 오래된 정원에서 하늘을 올려다봅니다.

새들이 날아가고 있습니다.

우리 아이들도 어느 날 어른이 되어

유치원에서 배운 살아가는 방법으로 우아하게 남아

세상을 아름답게 하는 사람으로 살아갈 것입니다.

그렇게 믿으며 오래된 정원을 지키고 있습니다.

상처 많은 꽃잎들이 가장 향기롭다

내 가슴을 누군가 열어 보면
상처투성이라고 친구가 말합니다.
누구에게나 삶은 상처를 주고
봉합하고 나면 또 하나의 흉터가 남고….
그 누구의 가슴에도
상처 없는 인생은 없습니다.
제가 사랑하는 50대 후반의 여성이
남편으로부터 지독한 상처를 받았습니다.
그 누가 봐도 어질고, 재색(才色)을 겸비한
연예인인 그 여성은 그 남편과 다른 여성을
용서하고 기다리고 있습니다.
지고지순(至高至純)한 사랑입니다.
누군가 어리석다 음성을 높여도 그 여성은
변함없는 사랑으로 자기 자존심을 지켜 가는 중입니다.
요즘 그 여성을 보면 향기가 납니다.
오늘 입은 상처가 내일 나의 향기가 될 수 있음을
그 여성을 보며 깨닫습니다.
그 여성을 향기 있게 한 여자는 아마도
훗날 추한 모습으로 향수 가게를 기웃거릴지도 모르겠습니다.

인품의 향기는 상처에서 연기처럼 피어오르는데….
향수를 뿌려도 남에게 불행을 안겨 준 악한 사람에게서는
혐오스러운 냄새가 날 뿐입니다.

내 것이 무엇이란 말인가?

아이들은 '이건 내 꺼야, 저건 네 것이야.'

소유욕이 대단합니다.

그런데 살다 보면 욕심 많은 사람에게는

무언가 결핍이 생기고, 결함이 생기는 것을 드물게 보게 됩니다.

아들 욕심에 딸만 셋 낳은 여인

그 여인은 욕심이 많아서

재물도 웬만큼 모았고, 남편도 지위가 높은데….

사는 것이 별로 재미가 없다고 합니다.

우울증인가?

제가 생각하기에는 사랑을 나눠 주는

〈봉사〉의 기회가 없어서 생긴 증상 같았습니다.

어느 날

잘나가던 사람이 건강 문제로 곤두박질치기도 하고

바닥을 헤매이던 사람이 급부상해

빛나는 날들을 보내기도 하는 것

그것이 인생인데

지금 남들보다 더 가졌다고 거들먹거리거나

지금 형편이 어렵다고 주눅 들거나

그러지 않아도 돌고 도는 인생인데….

한 치 앞도 모른다는 인생
물레방아 앞에서 이것저것 생각합니다.
흘러간 물로는 물레방아를 돌릴 수 없다는 것
모든 것은 공유(共有)해야 된다는 것
함께 살아가는 삶이 아름답다는 생각을 합니다.
과연 내 것이 무엇이란 말인가?
내 것은 내 인품(人品), 품성밖에 없음을….
알게 되기까지 오랜 시간이 걸렸습니다.